JN093645

Japan
Orig

大人でなく30歳です

ニナキム　文・イラスト

バーチ美和　訳

サンマーク出版

プロローグ

最初にこの本を作ろうと提案してもらったとき、私はまさに30歳になろうとしていた。

「ちゃんとできるかな?」「私なんかにいい本が作れるかな?」

あれこれ心配になったが、同時に楽しい作業になりそうだと思い、ワクワクした。

私はまだ30歳を終わりまで生きてないから、30歳の気持ちがすべてわかるわけではないけど、この本が少しでもだれかの心に届き、その人の心を和ませられればと思う。

ずっと前に想像していた30歳の自分の姿は、いまとはかなり違う。想像の中の私はあらゆる問題をさっさと解決するキャリアウーマンだったけど、現実は失敗だらけ。まだまだ知らないことがいっぱいある。

20代と同じで、30代になったいまも心配性で、相手の小さな行動をあれこれと深読みしては、しょっちゅう傷ついている気の弱い人間だ。B級オヤジギャグが好きで、お気に入りのネタを聞くと、息が止まりそうなくらい腹を抱

なでなで〜

4

え、涙が出るまで笑ってしまう。かと思えば、映画の主人公が死ねば号泣するし、不倫ドラマを観るときは、ため息つきっぱなし。自分で作って食べるより、だれかが作ってくれたご飯のほうがずっと好きだし、あいかわらず面倒をみてもらいたい30歳で、いまだにお母さんの胸が恋しくて駄々をこねる子どもみたいな大人だ。

　それでも以前と変わった点があるとすれば、目の前の問題を解決する能力が高くなったことだろうか？　あ、お酒を飲む量も少し増えた。それと、いまでは健康に少し気をつかいはじめた（酒量が増えて、健康に気をつかうようになったって……変な言い方だけど、本当）。

　30歳になって、前より笑うことが減ったような気がするけど、まったく笑わないってわけじゃない。テレビドラマでも観ながら、この世でいちばん楽な姿勢で、寝ている子犬のモッチのお腹をなでながらビールを一口飲めば、それ以上の幸せはない。見方によっては、30歳には30歳なりの魅力があると思う。

　だから、30歳の残りの日々も本当に楽しみだ。

　みなさんの30歳も、乞うご期待!

目次

PART 2

30歳の日常

数字が変わったからって、変わるものはなにもない

PART 3

30歳の恋愛

そろそろ上手になってもいいのに

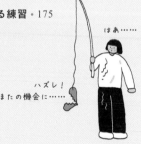

はあ……

ハズレ！
またの機会に……

PART 4

30歳の関係

慣れようとしてるところだけど

ふぅ〜

ブックデザイン
藤塚尚子（e to kumi）

翻訳協力
株式会社リベル

編集協力
株式会社鷗来堂

編集
梅田直希（サンマーク出版）

PART 1

30歳の仕事
私の血管は
カフェインであふれている

「社長になりたかったスジは、
社長が呼べば駆けつけなければならない会社員になった」

——ドラマ『この恋は初めてだから』から

あのときは、そうだったよね

明日は
最終面接の日。

14

トラみたいに怖いチーム長と二人きりで外回り。
ラジオも音楽もかけない車内はすごく静か。
お腹がグゥ〜って鳴りそう……

助けて！

逃げられるなら、
地球の果てまで逃げよう

もしかしていま働かなくなった頭で
ジタバタしながら片づかない仕事を抱え込んでない？
あっさり「今日はここまで！」って
立ち止まるのもひとつの方法。
明日の自分を信じて今日はおしまい！　休もう！

修正1

修正2

修正2-1

修正3

修正3-1

最終

最最終

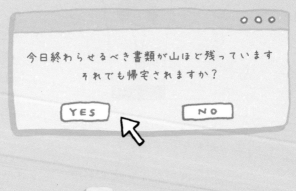

今日終わらせるべき書類が山ほど残っています
それでも帰宅されますか?

YES　　　　　NO

最終-1

最終-2

あ〜、もう知らない！
気になるけど、このまま帰宅！

最後の最後

本当の最終

あ……ほんとうに逃げたい。
ものすごく逃げたい。
できれば逃げたい！

どうも今日はいや～な感じがすると思った。
なんて言い訳すれば、わざとらしくないかな？
社長との会食タイム。

（ちょ……ちょっとタ、タ、タイム！）

「私がまたお酒を飲むような
ことがあったら……！」

昨夜、浴びるほど飲んだ自分に腹が立つ。
もう３０歳だってことを忘れてたみたい。
深酒をしたら２日は休まなきゃいけない
　　　３０代だってことを……

感心しないな〜

たまに感じ悪い人

会社の先輩の陰口ばかりずっと聞いてると
とてもイヤな気分。
でも、ときどきその日の空気で
先輩の陰口に同調するときがある。

あそこまで相槌を打たなくても
よかったのに……

「昨日どうして連絡してこなかったんだ？」
「キム代理！　会議室は消灯するように言っただろ！」
「５分も遅れてどうするつもり！」

とっさに出てしまう意地悪な言葉は
さらっと受け流せるはずの問題を
悪化させることがある。
いつもなら笑ってやり過ごせるはずなのに。

28

チーム長の前で我慢して、
先輩の前で我慢して、
友人の前で我慢して……
ときどきうちの子犬にもなめられる。

これからは我慢しないで言おう！

「なんで私を傷つけるの？
ちょっと気分悪いんだけど？！」

我慢は
少しだけにしよう

29

心の中の言葉を残らず吐き出した。
あ〜すっきりした〜！

これが夢でさえなければね……

紙幣一枚の切実さ

2週間待った
海外通販のスニーカーが到着！

椎間板ヘルニアが再発。
仕事が終わったら病院に行かないと。
痛いよって訴える相手がいないと思うと
ちょっとつらい。

明日からは体も心も大切にして
健康な人間になろうっと。

（待って……どこまで自己負担だっけ？）

給料が通り過ぎていく。

底の抜けた甕_{かめ}に給料を注ぐ
笑うしかないこの状況。
ハハハと笑って乗り越えるっきゃない！

身の丈に合った
生き方をしよう

yeah

物価はどんどん上がるのに、
なんで私の給料はそのままなんだろう？
買っても、買っても、買うべきものがあるのはなんで？
街にはマンションが立ち並び、
車があふれているっていうのに
なんで私の分はないんだろう？

おかしく悲しい私たちの現実。
（もしかして私だけ？）

またハハハと笑って、宝くじを買うしかない。

LOTTO

2×××回

発売日　21／××／××（月）

抽選日　21／××／××（土）

Aランダム　01　12　37　69　55　13
Bランダム　21　02　67　19　52　25
Cランダム　49　33　03　17　37　60
Dランダム　35　65　40　41　07　22
Eランダム　57　14　57　61　49　08

₩5,000

心よりお祈りします……
どうかハズレだけは出ませんように。

ハズレ！

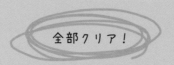

全部クリア！

❤ 朝の空腹時に
　自転車３０分

❤ スケジュール
　整理

❤ 取引先との会議

❤ 絵を描く

❤ 修正メール送信

○ チキンをつまみに
　ビールを飲む

つらい時間も
過ぎ去るだろう……けど……

それでも今日は

やらなきゃいけないことをすべて終わらせた！

（いつも1、2個は終わらないのに……）

あとはチキンを食べながら

ビールを飲みさえすれば終わり。

今日の私

よ〜くやった！

残業終わり！　帰宅！

はい、チーム長！
いまから退勤……

パタン！

44

帰る準備をしているとチーム長から電話。
電話を取ろうか……どうしようか……？

（みなさんは悩まずに、取らないこと！ 絶対に！）

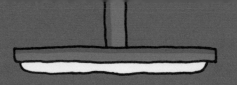

真っ暗……

同僚が突然休んだから
仕事が山積みになった。
おかげで、一人残業中。
でも同僚のＳＮＳを見ると、
のんびり映画観てるみたい！

ムカつく……
ムカつく！　ムカつく！

今日はちょっと疲れる一日だった。
会社からゆったり帰りたくて
タクシーに乗ったのに、
短気な運転手にあたった。
こんなときはドアをバタン！と閉めて、
降りたくなる。

運転手さん！　お客がいるんですよ〜？
一人じゃないんですよ〜！

しんどい30歳

2年間チャレンジしつづけてきた会社に、
ついに入社した。
でも実際に働きはじめると、
自分には合わない気がする。
だからって、
また新しい仕事を探すのには遅すぎる気も……
いままで頑張ってきた時間がすごくもったいない。
どうしよう？

悩むし、すごくつらい……

一日中、仕事に追われてイライラしていた。
つい同僚にささいなことで突っかかり
腹を立てながら文句を言ったんだけど、
席に戻って、化粧を直そうと鏡を見たら
自分の顔がすごく意地悪そうだった。

汚れを知らず、純粋で
まだハナを垂らしていた
子ども時代が
ふと、懐かしくなった……

53

家→会社→家→会社の無限ループ。

切ない、私の人生……

カチッ

カチッ   カチッ

56

明日は朝イチで会議なのに、眠れない……
もう夜中の3時だっていうのに……

ガッ　　　　　　　　クリー

58

1か月かけて準備したプロジェクトがボツになった。
ほんとうに頑張って準備したのに……

努力した時間と情熱は
どこに蒸発しちゃった？
ホント、力が抜けちゃうよ……

すべてが面倒
　食べるのも面倒だし、
　　遊ぶのも嫌だし
　　　会社はもちろん嫌だし
　なにもしないでいたいけど
　それはそれで不安……
　　　バーンアウト*かな？

ぼーーーーーっ

☞紅参スティック

紅参ゼリー
　紅参ゼリー

野菜エキス☜　　ビタミン　　☞オメガ3
　　　　　　　　　☜

人生に楽しみのない時代が訪れた。

食欲喪失、意欲喪失、メンタルも喪失。

喪失の時代に、私を満たしてくれるのは……
紅参^{**}、ビタミン、栄養剤だけ？

（しっかり食べよう！　ちゃんとしたものを食べよう！）

＊バーンアウト症候群（Burnout Syndrome）
　：仕事に没頭していた人が、極度の疲労によって無気力になる現象

＊＊紅参
　：薬用ニンジンの一種

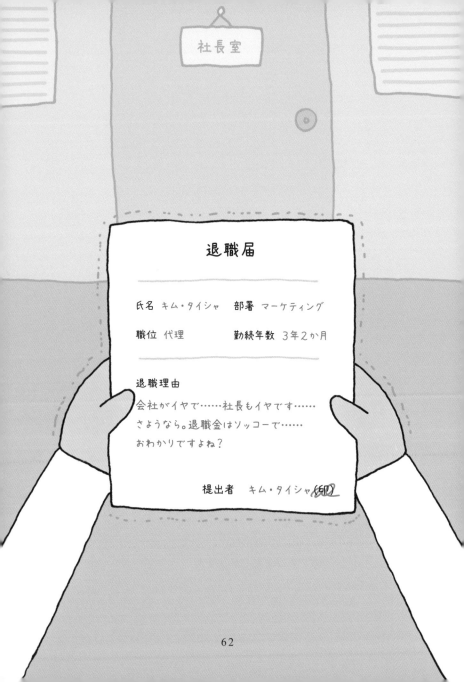

退職届

氏名 キム・タイシャ　部署 マーケティング

職位 代理　　　　勤続年数 ３年２か月

退職理由
会社がイヤで……社長もイヤです……
さようなら。退職金はソッコーで……
おわかりですよね？

　　　　　　提出者　キム・タイシャ(印)

さようなら、みなさん

みなさん、
さようなら〜

3年間勤めた会社を辞めることにした。

あとは退職届を出すだけ……

ふう……震えが止まらない。

でも堂々と出してこないと！

さようなら、みなさん！

この世のあらゆるしがらみと束縛をふりほどき

自分の幸せを探しにいきます。

ずっと辞めたかった会社を退職した。
会社の荷物を整理して家に向かう道。
毎日通っていたこの道ともさよならだ！
イエー！　万歳を叫んで、うれしさでいっぱい、
のはずなのに。

なんとなくさびしさを感じるのは……
過去の時間と思い出が残っているからだよね？

長く勤めた会社を辞めて、海外旅行の準備中。
最初に行きたい国はスペイン、バルセロナ！
サッカーのチケットも手に入れ、
ガウディ・ツアーも予約済み！

出発まであと１週間！
ああ、ワクワクする！
（それにしても早く退職金を振り込んでもらわないと）

みんなが働いている月曜日。
私がいるのはあったかい国！

自然と鼻歌が出る〜

ルル〜

PART 2

30歳の日常

数字が変わったからって、
変わるものはなにもない

「年齢、怖がることなんかない。
こうやって頑張っているだけでも、
じゅうぶん大人だし、30歳って感じだよ」

——ドラマ『30だけど17です』から

すばらしい土日

土曜の午後2時。
私はまだ布団の中。
これからトッポッキの宅配を頼もう。
冷蔵庫にビール、あったっけ？
あとでデザートも食べようっと！

ああ、至福〜

キャー ----

日曜の朝。

溜まっていた洗いものを終わらせて

久しぶりに布団も洗った。

部屋の掃除もしたけど、まだ午後 2 時。

スッキリとシャワーを浴びてから飲むビールは

最高においしい！

あ、スマホ！！！！

どうか
どうか
どうか

とんでもない一日

あった！！！！！！

ホントに　ホントに
これから　真面目に生きます！

音楽を聴きながら
行こうっと〜

ガサ

ガサ

ガサ

からっぽ〜

78

なんでこうなっちゃうんだろう。

ケースの中にあるべきものがない……？

街の鳩たち……

これ以上、私に近づかないで。

お願い〜 please 〜！

82

銀行に来た。
混んでるとは思ってたけど
受付番号３７番……
どのくらい待つんだろう？

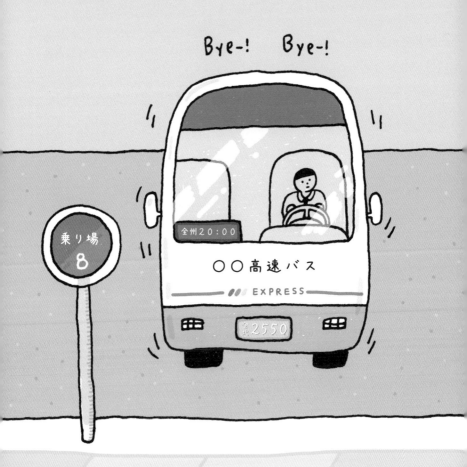

午後8時の乗車券を買ったつもりだった。
そしていま、午前8時の乗車券だったって
気がついた……

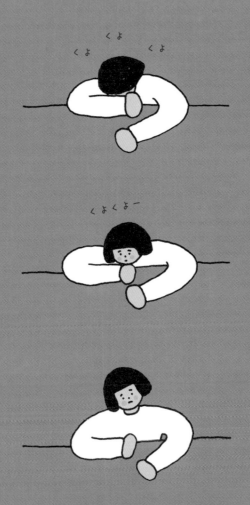

なにひとつ思うようにいかない！
悔しくてたまらない！

ほろ苦い世の中

―大丈夫？
―うん！　私は大丈夫。

私たちは自分を
だまし、だまされる世の中に
暮らしているみたいだ。

大丈夫じゃないのに、
大丈夫だと言って一日を過ごす
ほろ苦い世の中だから。

I'M OKAY
NO PROBLEM

Happy New ３０代

クリスマスに一人、食べるチキン。

ほろ……苦い味がするよ。

Tie up Time!

むなしく過ぎ去っていく時間って、
なんて薄情なの！
時間を閉じ込めておけたら、
どんなにいいだろう？

年が明けました！

みんな、ハッピーニューイヤー！

わぁぁ〜

わい
わい

わや
わや

淡々〜

今日が新年ってわけか……

つまり、

1月1日ってことだよね？

明け方から咳が出て、鼻水も出ると思ったら
いまは全身が火の玉みたい。
解熱剤を飲んだけど効かない。
一人暮らしで、これはちょっとまずい。

ああ……お母さんに会いたい。

たまに、心臓がドキッとする

運転中、突然飛び出してきた猫に
ぶつかるところだった。
すばらしい運動神経のおかげで
急ブレーキを踏めたからよかった。

不幸中の幸いだ、ほんとうに！
（それにしても猫もすごくビックリしたはず。
家にちゃんと帰ってるよね？）

ニャオ〜

積立金を解約する日

　3年間コツコツと貯めてきた積立金を解約する日。
いままで一生懸命生きてきてよかった！

今日の晩ごはんは外食だ！

今日は幸せに過ごす予定だけど！

今日は積立金を解約した日。
明日は週末だから、ガンガン飲んでいいよね？
軽くサムギョプサル４人分と焼酎２本を頼もう、
肉にサッと火が通る頃、ビビン冷麺も頼まないと！
塩入りゴマ油をつけた厚めの肉に
甘酸っぱいビビン冷麺をぐるぐる巻いて
ニンニクを一片載せると、焼酎にピッタリ！
食べれば……

人生なんてたいしたもんじゃない〜
これぞ幸せ！

こんなはずでは……

もしかしたら
守りつづけられない約束

ポッコリ出たお腹。

タプタプ揺れる二の腕。

絶対にここまではひどくなかったはず。

いったいどこで間違えたんだろう？

間違えるにしても、ほどがある！

今日からダイエット開始！

止めないで……

本当に痩せるんだから。

乗りなよ〜

体重計に乗るのが
怖すぎる……

違う……
あれは私の体重じゃ
ない……

yesterday PM 10:00

ピザ、配達できますよね？
チキンの店ですよね？
ビール５００mℓも追加で〜

today AM 10:00

ソファーが私なのか、
私がソファーなのか。

しびれる瞬間

退勤後に家の前の川っぺりを走った。
真っ暗な夜空を照らすビル群を眺めながら走ると
雑念がすべて消えて、体が軽くなる。
息があがって苦しくなる瞬間は毎回あるけど
そこをこらえて走ると、
いつの間にか5kmを完走！

自分の限界を超えた感じ！
シビレる！

ビュ～～

保湿パック

Oh! My Cooling Step No.6

　　１．シャワーを浴びる。

　　２．扇風機をつける。

（なにげなく足でカチッ！）

３．冷蔵庫に入れておいた保湿パックを取り出す。

４．パックを顔に貼り、いちばん楽な姿勢をとる。

（残ったエッセンスは全身にくまなく塗ること！）

　　５．氷を浮かべたアイスアメリカーノを飲む。

６．今日の疲れをス〜ッキリ、すべて！吹き飛ばす。

防弾少年団　国連　スピーチ(フル)
226,0△×回視聴　20×□.△.□9

本当に感動……涙が出る……最高！　最高！　最高！

RM　若いけど頭がいい〜

聴きながら胸がジーンT.T　最高のアイドル！　誇らしい！

韓国のアイドルグループが

国連でスピーチする映像を偶然に見た。

ほんとうにすごい！　カッコいい！　惚れた！

同じ韓国人であることが、ほんとうに誇らしい。

最高にキマってた！

120

いいスタート

今朝
ついに便秘が解消した！

おぉ！
神様、ありがとうございます！

今日の下線

本を読んでいたら、ある言葉が気に入った。
見やすいように線を引き、ノートにも書きとめた。
これからときどき取り出して読もうっと。

PART 3

30歳の恋愛
そろそろ上手になってもいいのに

「私は頭もがっちりしているし、肘も丈夫だし、膝も強いけど、
心だけは強くないんだ」

——ドラマ『恋愛体質〜30歳になれば大丈夫』から

愛、それは……

いつも会いたくて、気になって、
手をつなぎたくて……
その人の顔を見れば、思わず笑顔になる。

これが愛？！

「今日は午後から雨だってさ。傘を持ってってね！」
「明日は朝晩、寒くなるらしいから、
　上着を忘れずにね！」

あなたの繊細で優しい思いやりにあふれた心は、

ほんとうにきれい。

私もあなたに、きれいな思いだけを伝えようっと。

おかわり！！！

私が作った料理を
子どもみたいにおいしそうに食べてくれる姿に
思わず笑みがこぼれた。

胸がいっぱい。
次はなにを作ってあげようかな？

チュー

あなたと一緒にすることは、
全部好き！

なに
してるの……？

わかるようでわからない
私たちの関係

ガールズグループに満面の笑みの
あなたを見ていると
わかる気もするし……
嫉妬を感じもする……

ポロッ

飲み会が終わったら
連絡するよ

うん、ほどほどにね〜

136

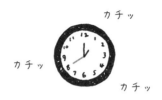

カチッ

カチッ

カチッ

連絡するって言ったじゃん。

私が待っていることがわからないの？

ほんとキライ！

キライ！　キライ！

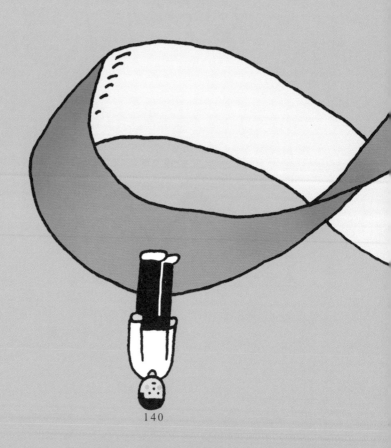

同じ問題が繰り返し起こる。
私たち、本当に大丈夫？
このままで……大丈夫なの？

もどかしくて
たまらない。

この手を放したら終わってしまう
私たちの関係……

すごく怖いし、心配だ。

私たち、もう終わりだね……

うん……

元気でね
先に出るね……

うん……

144

私たちが別れるのは
だれが悪いわけでもない。
お互いに違う人間だってわかり、
別れを予感して、それを受け入れただけ。
思っていたより悲しくはないみたい。
いままで一緒に過ごした、
短くない時間が惜しいだけ。

違うかな……？
私、すごく悲しいのかな……？
だれかと出会って、また愛せるのかな？

私って情けない？

「私のことを嫌いな人は、私も嫌い！」
そう言えばすむ話だったのに……
「私とは縁がなかったみたい」って言えばすむ、
簡単な問題だったのに……

自分自身を見失いながら
しがみつく必要なんてなかったのに……

だらーん

憂鬱だ……

大切にとっておいてふだんはあまり淹れない

コーヒーも飲み

かわいいモッチも横にいるのに

ひたすら憂鬱。

OFF!

心が離れた人を引き留めてもしょうがない。
いいかげん未練を捨てよう。
ほんとに、本気で、完全におしまい。
男なんて世の中に山ほどいるって！

バッサリ切っちゃおう
（私の情けなさを）

ずっと伸ばしていた髪を切った。
切られた髪のように、もどかしく
からまっていた気持ちも、すっきりした気がする。

あ〜、すっきり！
（もうあなたのことは忘れてしっかり生きるから！）

ちょっと
道が混んでいて……
待たせましたよね？

いえ、
私もたったいま
来たばかりです～

今度は合うかな？

ソゲッティング*って、何度やっても気まずい……
（でも、やることはやらないと！）

＊ ソゲッティング
  ：韓国語のソゲ（紹介）とミーティング（meeting）の「-ting」を組み
    合わせた言葉で、人からの紹介で異性に会うこと

156

今度はうまくいくと思った。
手ごたえがあったのに。
でも、またハズレだ。

X-boy friend

59 投稿数　　**82** フォロワー　　**139** フォロー中

元カレ

follow

非公開アカウントです
写真や動画を閲覧するには
アカウントをフォローして
ください

気にならない
（いや、気になる）

見なかった　　　　　　　ことにしたい！

非公開にされたあなたのＳＮＳ……
私がいなくても元気でいるのかな？

私は元気にやってるよ、
せいぜい元気でね！

#親のすねかじり

#ありがとう

#OOTD
*Outfit Of The Day
(今日のコーディネート)

#ルイ・ヴィトン

#幸せ

#気分転換
ショッピング

#シャネル

#明日は_免税店

#わくわくホテル_デザート

#平日旅行

#ホカンス
*ホテルでバカンス

SNSを眺めていると
会ったこともないだれかの
華やかな日常が目に入り
「この人にも悩みはあるのかな？」と
ふと気になった。

（世の中には、私より幸せに暮らしている人がすごく多いみたい。

みんな、裕福な家に生まれてきたのかな……？）

162

もうよくわかっていると
思ったのに

私はなんのために
休む間もなく
走ってきたのかな？

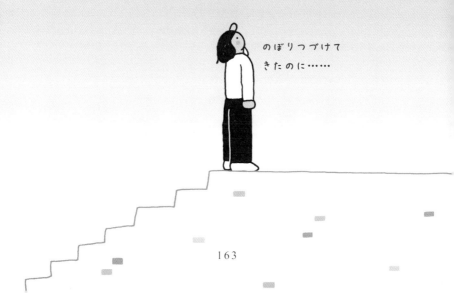

のぼりつづけて
きたのに……

私が自分に対して
とても
申し訳ない日……

断りづらいから苦労するし、
ときには、いい人に見られたくて
自分でなく他人のために選択することがある。

なんで私って
いつも
こうなの……?

今日も顔色ばかりうかがって
自分がほんとうに言いたいことは言えなかった。
気後れして、
顔色をうかがってばかりの自分がすごくイヤ。

自分自身にさえ自信なさそうにする姿が
とてもみじめで恥ずかしい。

私たちはだれもが不安な存在！

やるべきことは山積みなのに、
うまくいかなくて不安だし、
試験前日は失敗するんじゃないかと不安だし、
未来への確信が持てなくて不安だし、
毎日、足踏みしかしてないようで不安だし、
ときには幸せすぎてなんとなく不安だし……

いつでも、どこにでもひそんでいる不安。
私たちはだれもが不安な存在。

私はなんでこの姿で、
このザマなの？
なにひとつまともにできない。
ドジの連発で
迷惑ばかりかけている
気がする……

だいじょうぶ、それでも

なでー

なでー

失敗だらけだっていいよ！
問題を起こしたっていいよ！
大丈夫、大丈夫！

そんなあなたのことを
好きになってくれる人たちが
そばにいるんだから！

むなしい
人たち

だれでも一度くらいは、それぞれの事情で
胸にぽっかり穴があいた気分に
なることがあるよね？
そんなときはむなしさを埋めようと必死にならずに
そっとしておくのもひとつの手。
口から一度大きく息を吸い込み

ふぅ〜〜って吐けば

少しは気持ちが晴れる。

あの子にはカレシが？
私にはいないのに……

Let's go!

あの子、人生が楽しそう！
ふぅん……羨ましい……

ちょっと難しそうですね
日程の調整をお願いします
はい、はい

あの子、
すごくハッキリしている
私と違う……

今日からは自分を愛する練習

君だよ、君！！！

あの子、だれ……？
すごく暗いんだけど？？？

自分が自分をむしばんでいく気分……
だれのために比べるの？
もう比べるのはおしまい！

いまは自分で自分を愛すべきとき。

ヤッ〜ホ〜

３時間ぶっ通しで歩いて、頂上に着いた！
苦しさのピークが２度ほどあったけど、
なんとか乗り越えた。
山頂から眺める景色が、本当にきれい！

なにかを達成したという思いで
胸がいっぱいだ！

心が落ち着かないときに、瞑想することがある。
座禅を組んで、静かに目を閉じていると
ざわついた気持ちがすぐに落ち着いてくる。

今日は私の心に
休む時間をあげないと。

PART 4

30歳の関係

慣れようとしてるところだけど

「30歳になったら大人になるって言うじゃない。
大人になるって、どういうことかな?」

――映画『29歳問題』から

「笑」がいっぱいの時間

会社にちゃんと通っていた友人が
突然、公務員試験を受けると言い出した。
そうして、何度か落ちたけど
ついに合格したという連絡が届いた。

おめでとう、友よ！
これからは花道だけを歩こう！

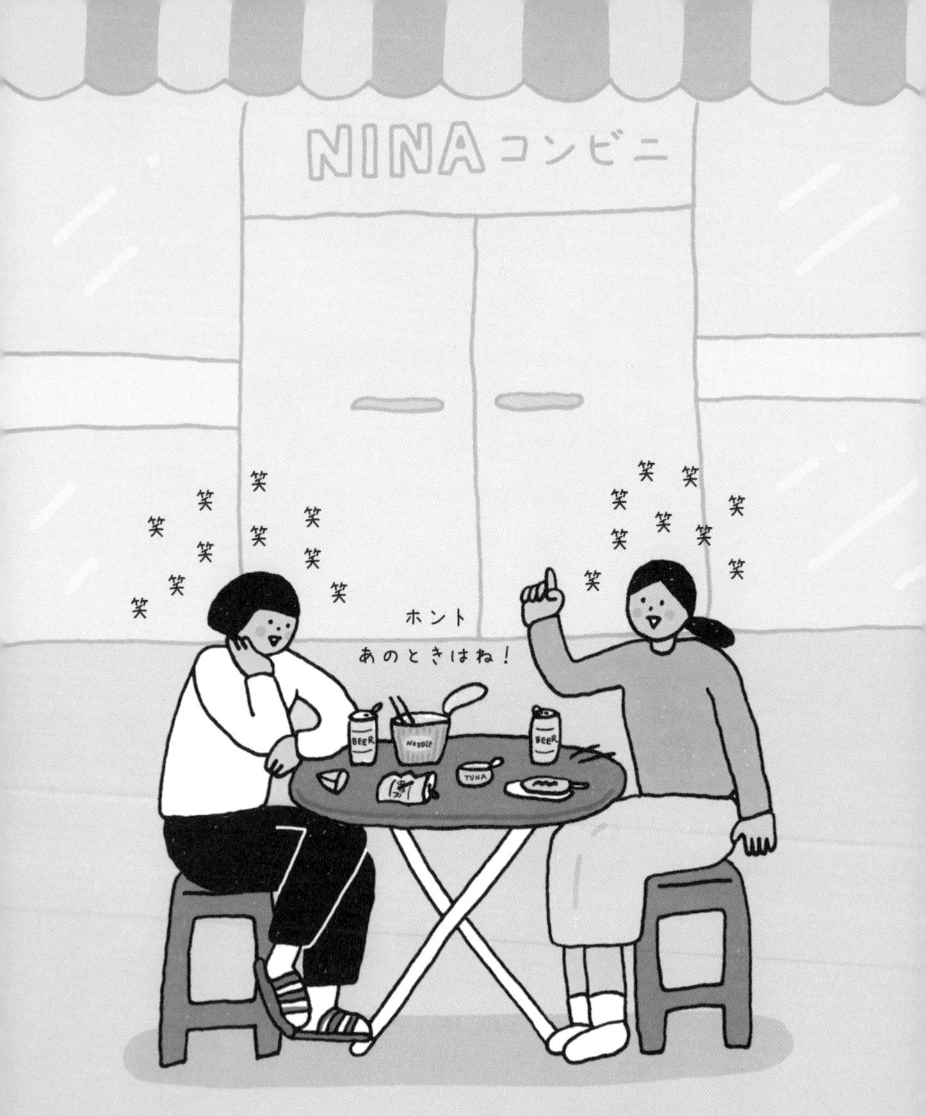
NINA コンビニ
ホント
あのときはね！
BEER
NOODLE
BEER
TUNA

仕事のあと、近くに住む友人と
コンビニの前でビールを飲んだ。
最近、残業続きで疲れてたけど
友人と雑談してると、
エネルギーが満たされる気分。

私をいつも笑わせてくれる友人がいるって
なんてステキなことなんだろう！

「昨日……飲み屋で『バーナー』をくれって言われて
『番号』だと思って、私の電話番号を渡しちゃった。
キャハハハハ〜」

人生が連続コメディの友人、テッテ。
あなたに会うと、笑いが止まらないよ。
おばあさんになるまで、
私たちの友情は Forever。

お父さんが定年退職するまでに結婚すべき？？？

もう、あの子が自分で
判断するから〜

長くつき合っただろ〜

188

もう、知らない

実家で迎える旧正月や秋夕 <ruby>秋夕<rt>チュソク</rt></ruby>＊の朝
食事をしていると、
突然みんなの視線が私に向けられた。

わぁ……家に帰りたい……

でも、ここが自分の家だ……

＊秋夕
　：正月と並ぶ祝日で、旧暦8月15日の中秋節

189

＊マンバンチャルブ
　：（韓国語で）「会えてうれしい、よろしく」の略
＊＊オジョチゴ
　：（韓国語で）「今日の夕方チキンGo」の略

190

配達アプリでポクセピョンサル！*

久しぶりに会った従弟（いとこ）と話そうとしたら
検索が必須。

（知ったかぶりもアリ）

＊ポクセピョンサル
：（韓国語で）「複雑な世の中、気楽に生きよう」の略

191

＜久しぶりに会った同級生たち＞

みんな、私、カレと
結婚するの！

わ、おめでとう！！！
パチパチパチ！！！

じつは私も……
いい知らせがあるの〜
妊娠8週だって！！！

わ、すごい！！！

吸う息も、吐く息も、
みんな溜め息

一人でもいいじゃん！
人生はもともと「特攻隊*」だよ！
壁に排泄物を塗りつけるようになるまで
一人でちゃんと食べ、ちゃんと生きるよ！

ふぅ〜

友人たちのうれしい知らせを、心から喜べない。
だれかの幸せは、私には終わっていない
宿題みたいに感じるから。

＊特攻隊
：自分で決め、一人で仕事をこなすこと。またそのような人を
指す（韓国の）俗語

とらえどころのないさみしさ。
一日中おしゃべりをして、
おいしいものを食べて、
コーヒーも飲みながら
「あぁ、今日も一日、とても充実していた」と思っても
ふと押し寄せてくるさみしさ。

これって私だけじゃないよね？

何してるの？
カフェ、行く？
ショッピング行こう〜
今日コンビニ前でビール、
どう？

なんでケンカしてたんだっけ？

今日は同僚と
約束があって T.T
来週行こう

今日はちょっと
疲れてるから……

友人との間でも一方的な関係ってある。
自分から連絡して、自分から近寄っていく……
そればかりが続くと、ちょっとさみしい。
顔に出すと心が狭いって思われそうで、我慢してたら
さみしさが雪玉みたいに大きくなって
最後には岩のように硬くなった。

それで結局、私たちは他人よりも
遠い関係になってしまった。
ずっとあとになって、お互いの存在がかすんできた頃、
ふとした瞬間に思い出す、私が大好きだった友。

「あれ……私、
なんであの子とケンカしてたんだっけ？
元気に暮らしてるかな？」

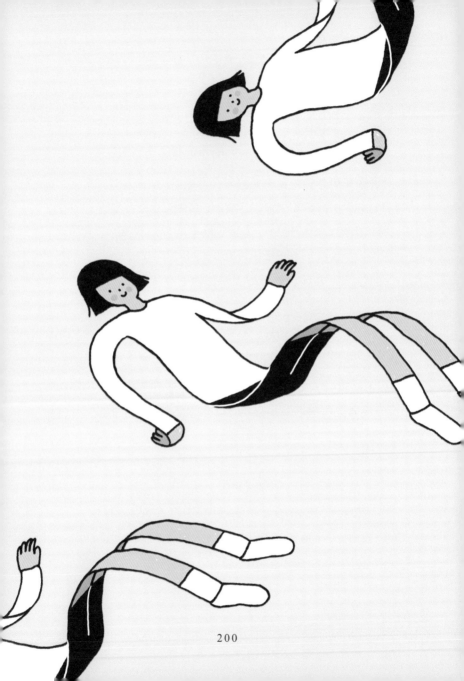

ちょっと気まずくなった友人に、
勇気を出して連絡した。
話してみると、
お互いに誤解してもしかたない状況だった。
自分から仲直りの握手を差し出すまで、
かなり迷ったけど、
手を差し出してみたら、どうってことはなかった。

今日は気がかりなく、ゆったりと寝られる。
心が軽くなった気分！

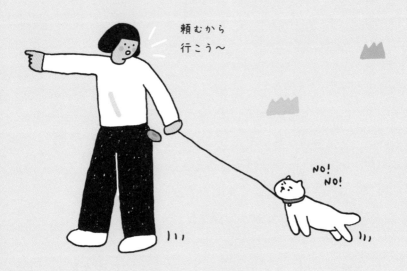

世界でいちばんかわいい
私の家族

散歩に出れば、５分歩いて１０分休むモッチ。
おやつがあるときだけ、反応するモッチ。
だんだん太ってきて５.９ｋｇもあるけど、
健康なモッチ。
夜にはまるで人間のように、いびきをかくモッチ。
出かけようとすると、すばやく察知して
私の後ろをちょろちょろ追いかける
かわいいモッチ！
もう家に帰ってお風呂に入ろう！

モッチ、おいで〜
ホントにあげるから！

犬を探しているチラシを道で受け取った。

必死に探す飼い主の気持ちも、
迷子になっているナムの気持ちも
あまりに切ない。

迷子のナムはどこにいるのかな？
無事に家に帰ってほしい。

シーン

行ってくるね〜

シーン

ピンポン！

宅配便

シーン

モッチ。
ときどき、お前がいない世界を想像するよ。
お前のいないベッド、お前のいない玄関、
お前のいない世界は
すご〜くむなしくて、とてもさみしいと思う。
だからいまみたいに、
これからもずっとそばにいてね！
大好きだよ〜

ごはんくれ〜

〔訃報〕

〇〇〇が逝去いたしましたので、
謹んでお知らせいたします。
喪主
〇△△、〇△口、〇△☆

（本日）午後3：41

数行の便り

ピロン

友人のお母さんの訃報を受け取った……
驚いて、心の動揺が収まらない。
私でさえこんなに困惑してるくらいだから
友人はどんな気持ちでいるんだろう……?

幸せに
なれよ〜

うん、わかった
父さん

ほんとうに大人な友人

友人の結婚式。
そしてご両親。

なんで私が、
ウルッとするの……？

久しぶりに会った友。
もう3歳の女の子のお母さんなんだね……

本当の大人になっちゃった友よ！
いつも応援しているよ！

（私もあのときの初恋さえうまくいってればね～）

転んでも大丈夫、大丈夫！
お姉ちゃんが支えてあげる！

あっ！！！
えーん！！！

214

家族とは転んでも大丈夫な存在

道を歩いてたら、ばたり！
と倒れる子どもを見かけた。
横にいたその子のお姉ちゃんが、
とまどうこともなく言った。

「転んでも大丈夫。お姉ちゃんが手伝ってあげる。
ちゃんと起きられる？」

痛そうに膝をさすりながら立ち上がった子と
服についた泥をポンポンと払ってあげるお姉ちゃん。

幼い二人の姿から
ぼんやりとした記憶の中にある家族の温かさを、
久しぶりに思い出した。

毎日、感謝と申し訳なさを
感じる人

私を無条件に信じてくれる人が
そばにいるということが
どんなにありがたいか！

言われなくても
わかってる！！！！
自分で考えてやるから！！！

もう、どうしたの……
リンゴでも食べたら〜

ちょっとしたことで、
お母さんに八つ当たりしちゃった。
ほんとうはそんなに怒ることでもなかったのに。
あとでお母さんが好きな
サクランボ買っていこうっと。
あ！　リンゴも買わないと！

いつの間にか白髪が増えた髪、
かさついた顔、
シワだらけの手。
うんと小さくなった父の後ろ姿から
苦労の多かった月日が感じられる。

私より大きくて、肩幅だって広くて、
若々しいお父さんだったはずなのに……

地下鉄で、手をつないで仲良く話している
母と娘を見た。
私も天国にいる母を思い出した。
いままで母のことをずっと忘れて生きてた気がする。
今日は寝る前に、
1枚か2枚しかない母の写真を探してみよう。

お母さん！　すごく、すごく会いたい！
愛してる！

プロフィール

ニナキム

味わいのあるシンプルなイラストで日常の瞬間を温かくとらえる、イラストレーターであり作家。著作に『ちょっと立ち止まり、ます』『消えてしまいたい日』『Mother』などがある。
すっかり大人になっているだろうと思っていたら、じつはとんでもない錯覚だった。そういう30歳という時間を、自分なりに幸せに過ごしているところ。

バーチ美和（ばーちみわ）＝訳

延世大学韓国語学堂に留学、1987年卒業。ODA（政府開発援助）関連の韓国語研修監理員、ゲーム会社での翻訳業務などを経験。『新型コロナウイルスを乗り越えた、韓国・大邱市民たちの記録』（CUON）の翻訳に参加。訳書に『Mommy Book』（アルク）がある。

大人でなく30歳です

2021年11月 1 日　初版印刷
2021年11月10日　初版発行

著　者　　ニナキム
訳　者　　バーチ美和
発行人　　植木宣隆
発行所　　株式会社サンマーク出版
　　　　　〒169-0075　東京都新宿区高田馬場 2-16-11
　　　　　電話　03（5272）3166
印　刷　　三松堂株式会社
製　本　　株式会社若林製本工場